CATALOGUE

DE

TABLEAUX MODERNES

ET ANCIENS

MEUBLES ANCIENS

Meuble à deux corps, Crédences des XVIe et XVIIe siècles
Cabinets en laque de Chine, Armoire hollandaise, Sièges

FERS FORGÉS, BRONZES, FAÏENCES

Tapisseries

DONT LA VENTE AURA LIEU

HOTEL DROUOT, SALLE N° 2

Le Vendredi 27 Mai 1887

à deux heures.

COMMISSAIRE-PRISEUR

M· PAUL AULARD, 6, rue Saint-Marc, 6

EXPERTS

M. Charles MANNHEIM | **M. E. FÉRAL**
7, rue Saint-Georges, 7 | 54, rue du Faubourg-Montmartre, 54

EXPOSITION PUBLIQUE

Le Jeudi 26 Mai 1887, de 1 heure à 5 heures

IMPRIMERIE DE PARIS

CATALOGUE

DE

TABLEAUX MODERNES

ET ANCIENS

MEUBLES ANCIENS

Meuble à deux corps, Crédences des xvi° et xvii° siècles
Cabinets en laque de Chine, Armoire hollandaise, Sièges

FERS FORGÉS, BRONZES, FAÏENCES

Tapisseries

DONT LA VENTE AURA LIEU

HOTEL DROUOT, SALLE N° 2

Le Vendredi 27 Mai 1887

à deux heures.

COMMISSAIRE-PRISEUR

Mᵉ PAUL AULARD, 6, rue Saint-Marc, 6

EXPERTS

M. Charles MANNHEIM	**M. E. FÉRAL**
7, rue Saint-Georges, 7	54, rue du Faubourg-Montmartre, 54

EXPOSITION PUBLIQUE

Le Jeudi 26 Mai 1887, de 1 heure à 5 heures

CONDITIONS DE LA VENTE

Elle sera faite au comptant.

Les adjudicataires payeront *cinq pour cent* en sus des enchères.

L'exposition mettant le public à même de se rendre compte de l'état des objets, aucune réclamation ne sera admise une fois l'adjudication prononcée.

Paris. — Imp. de l'Art. E. Ménard et J Augry.
41, rue de la Victoire, 41

DÉSIGNATION DES OBJETS

TABLEAUX MODERNES

1 — **Bakalowicz** *Le Miroir.* Signé à droite.

> Bois. Haut., 36 cent.; larg., 60 cent.

2 — **Cellier** (**Paul**). *La Perruche.* Signé à gauche.

> Toile. Haut., 73 cent.; larg., 59 cent.

3 — **Couture** (**T.**). *Fleurs jetées sur une table couverte d'une nappe.*

4 — **Daubigny.** *Les Bords de l'Oise.* Esquisse provenant de la vente Daubigny.

> Bois. Haut., 34 cent.; larg., 55 cent.

5 — **De Cock** (**Xavier**). *Fillette cueillant des fleurs.* Signé à droite et daté 1859.

> Toile. Haut., 49 cent.; larg., 69 cent.

6 — **De Dreux** (Attribué à **Alfred**). *Le Saut du fossé*. Esquisse signée à droite.

> Toile. Haut., 80 cent.; larg., 1 mètre.

7 — **Decamps** (Attribué à). *Une Plage*. Ce tableau paraît être une œuvre de la première manière de l'artiste.

8 — **Delacroix** (**Eugène**). *Démosthène au bord de la mer*.

9 — **Gonzalez** (**Juan**). *La Jeune Musicienne; effet de lumière*. Signé à gauche et daté 1870.

> Toile. Haut., 47 cent.; larg., 30 cent.

10 — **Gonzalez** (**Juan**). *Femme espagnole assise et tenant un éventail*. Signé et daté 1874.

> Bois. Haut., 31 cent.; larg., 23 cent.

11 — **Grosclaude**. *Le Joyeux Buveur*.

12 — **Héreau** (**Jules**). *Vaches et moutons sous la garde d'une bergère; effet d'orage*. Signé à gauche.

> Toile. Haut., 42 cent.; larg., 71 cent.

13 — **Huguet**. *Arabes côtoyant des rochers escarpés*. Signé à gauche.

> Bois. Haut., 30 cent.; larg., 45 cent.

14 — **Isabey** (**Eugène**). *Mer houleuse avec bateaux.*

> Bois. Haut., 28 cent.; larg., 45 cent.

15 — **Isabey** (Attribué à). *Vaisseaux en rade.* Esquisse.

16 — **Jacque** (**Charles**). *Troupeau de moutons au bord d'une rivière.* Signé à gauche.

> Toile. Haut., 72 cent.; larg., 1 m. 20 cent.

17 — **Jeannin**. *Pommes, poires et prunes violettes.* Signé à gauche.

> Toile. Haut., 50 cent.; larg., 60 cent.

18 — **Johannot** (**Tony**). *La Dame charitable. Le Missionnaire.*

19 — **Lefebvre** (**Jules**). *Jeune Fille en buste, vue de profil.* Signé à droite.

> Bois. Haut., 23 cent.; larg., 15 cent.

20 — **Lépine** (**J.**). *Une Barrière de Paris.* Signé à gauche.

> Toile. Haut., 56 cent.; larg., 95 cent.

21 — **Leray**. *Le Rendez-vous.* Signé à droite.

> Bois. Haut., 21 cent.; larg., 15 cent.

22 — **Lévy (Émile)**. *Jeune Dame vêtue de noir.* Signé à gauche et daté 1872.

Bois. Haut., 32 cent.; larg., 18 cent.

23 — **Linder**. *Jeune Fille faisant des bulles de savon.* Signé à gauche.

Toile. Haut., 35 cent.; larg., 25 cent.

24 — **Noterman (Zach)**. *Singes au cabaret.* Signé à gauche.

Bois. Haut., 5o cent.; larg., 71 cent.

25 — **Oudinot (A.)**. *Paysage boisé avec cours d'eau.*

26 — **Reynaud (F.)**. *Le Nid d'oiseaux.* Signé à droite.

Toile. Haut., 74 cent.; larg., 43 cent.

27 — **École moderne**. *Port de mer.*

28 — **École moderne**. *Sentier sous bois.*

TABLEAUX ANCIENS

29 — **Brauwer** (Attribué à). *Tabagie hollandaise.*

30 — **Dyck** (École de **Van**). *La Vierge apparaissant à saint Antoine de Padoue.*

31 — **Guido Reni.** *Enfant endormi.*

32 — **Le Sueur** (**Eust.**). *La Visitation.*

33 — **Rembrandt** (D'après). *Portrait de Rembrandt.*

34 — **Wouwerman** (Attribué à **Pierre**). *Cavaliers à la promenade.*

35 — **École française.** *Tête de jeune fille.*

36 — **Callot.** *Chasse au cerf.* Dessin à la plume.

37 — **École flamande.** *Le Printemps et l'Été.* Deux gouaches.

OBJETS VARIÉS

38 — Groupe en bronze : Énée et Anchise, posé sur un socle en marqueterie de cuivre sur écaille.

39 — Deux statuettes en bois sculpté.

40 — Petits vases en bronze de Chine, flambeaux en bronze antique, et divers objets sous ce numéro.

41 — Bas-relief italien en albâtre sculpté, représentant la Nativité. Cadre noir et or.

42 — Bas-relief ovale en terre cuite, représentant l'Assomption de la Vierge. Cadre en bois sculpté et doré.

43 — Coffret en laque rouge de Pékin.

44 — Papeterie en laque de Chine.

45 — Lustre à six lumières en verre de Venise.

46 — Grand et très beau plat ovale bordé de godrons, en ancienne faïence de Moustiers, à riche décor bleu dans le goût de Bérain.

47 — Deux assiettes de même faïence et de décor analogue.

FAIENCES — PORCELAINES

48 — Deux médaillons en terre émaillée dans le style des della Robbia, représentant des bustes de femmes, de profil, sur fond bleu, avec encadrements de guirlandes de fruits émaillés en couleur.

49 — Plaque rectangulaire en faïence de Castelli, représentant un paysage. Cadre en bois noir à moulures guillochées.

50 — Deux plaques à décor polychrome en faïence italienne.

51 — Plat en faïence italienne, représentant un assaut.

52 — Deux coupes décorées en bleu et rouge dans le style rouennais.

53 — Deux plats longs en faïence de Rouen.

54 — Plusieurs plats et vases en porcelaine du Japon.

55 — Corbeilles en faïence de Creil, servantes et vases en terre de pipe, etc.

56 — Grand plat en faïence italienne, représentant une bataille.

FERS

57 — Deux appliques en fer forgé et repoussé, à
cinq branches porte-lumières, décor à mascarons, feuillages et lambrequin.

58 — Deux flambeaux style Louis XIII, en fer,
tige torse et pied à godrons.

59 — Support de jardinière, en fer forgé, à tige
garnie de feuilles sur base circulaire à trois
pieds.

60 — Support-guéridon en fer forgé à tablette
octogone, tige garnie de tulipes et de feuilles
et base circulaire sur trois pieds à volutes.

61 — Lustre en fer à vingt lumières reliées par
des chaînes et disposées sur deux rangées.

62 — Deux appliques à mascarons surmontés
d'une couronne fleuronnée, à trois lumières
chaque.

63 — Deux appliques à deux lumières et à bras
formés d'enroulements.

64 — Deux appliques Louis XIV, à rinceaux et
fleurettes et à trois branches porte-lumières.

65 — Deux appliques à deux branches, com-
posées de rinceaux feuillagés.

66 — Petit lustre à quatre lumières, la tige
accotée de tulipes et de feuilles.

67 — Deux chenets en fer style Louis XIII,
composés d'une boule à feuillages, ajourée,
sur pieds à volutes et fleur de lis.

68 — Deux landiers en fer forgé, surmontés de
boules en cuivre.

69 — Deux autres plus petits.

PENDULES

70 — Pendule et sa console d'applique de
l'époque Louis XIV, en marqueterie de cuivre
sur écaille, garnie de bronzes. Elle est surmontée d'une figurine de la Renommée.

71 — Grande pendule style Louis XIII, à montants en ressaut, en noyer incrusté de filets d'étain et décoré d'appliques en fer étampé.

72 — Pendule de style Louis XIII, en bois noir, décorée d'appliques en fer étampé. Elle a la forme d'un petit édifice à dôme, reposant sur quatre lions couchés sur un socle à pieds toupies.

73 — Pendule Empire à colonnes, en acajou garni d'ornements en bronze ciselé et doré.

74 — Petite horloge de bureau, en cuivre gravé et doré.

75 — Pendule en onyx d'Algérie, surmontée d'une statuette en bronze oxydé : la Joueuse d'osselets, et deux coupes assorties.

MEUBLES

76 — Cabinet Renaissance, en noyer, à deux corps et à quatre vantaux sculptés en bas-relief et représentant des figures allégoriques et des sphinx. La frise, ornée de deux aigles

aux ailes éployées, est couronnée par un fronton entrecoupé dont le milieu se compose de niches géminées.

77 — Cabinet en laque de Chine, fond noir à paysage en dorure, ouvrant au moyen d'un abattant garni d'un fermoir et d'écoinçons en cuivre gravé et doré. Il repose sur un piétement en bois sculpté et doré, à figures d'enfants et feuillages, du xviie siècle.

78 — Cabinet en laque de Chine, à décor d'oiseaux et d'arbustes en dorure sur fond noir, garni de fermoirs et de charnières en cuivre gravé et incrusté de plaques en porcelaine décorée.

79 — Grande armoire hollandaise, en marqueterie de bois, décorée d'appliques à mascarons et enroulements en bois sculpté; elle est à deux vantaux offrant des portails et séparés par des colonnes engagées supportant un entablement au milieu duquel se voit un cartouche avec la date 1626.

80 — Crédence-dressoir du temps de Louis XIII, en bois de chêne à moulures et pilastres, avec montants tournés en forme de balustres.

81 — Crédence-dressoir Louis XIII, en chêne
sculpté à pilastres et moulures ornés.

82 — Cabinet du xviie siècle, en noyer ronceux,
à porte et tiroirs bordés de baguettes en
incrustations d'os et de bois dur. Il pose sur
une table-console à pieds tournés et à fond
plein.

83 — Coffre du xviie siècle, décoré sur la face
d'une arcature à plein cintre et de deux frises
à festons de feuillages.

84 — Deux petits buffets à angles arrondis et
ouvrant chacun à un vantail, orné de moulures. xviiie siècle.

85 — Grande table en bois sculpté de style
Louis XIII, à ceinture godronnée et portée
à chaque extrémité par des cariatides et des
consoles sur patins à volutes, reliés par une
balustrade.

86 — Petit buffet en bois sculpté de style fla-
mand, à motifs de fruits, de feuillages et à
têtes de chérubins.

87 — Console Louis XV, en bois sculpté à rinceaux et guirlandes ; dessus en marbre.

88 — Petite console Louis XV, en bois sculpté
et peint en gris, à dessus de marbre blanc.

89 — Fauteuil japonais en bois dur, sculpté et
découpé à jour, avec plaques en pierre de lard.

90 — Fauteuil en chêne, recouvert en tapisserie
au point.

91 — Fauteuil Louis XIV, en bois sculpté,
recouvert en ancienne tapisserie, verdure et
animaux.

92 — Douze chaises en noyer, à dossier cintré,
recouvertes en cuir gaufré, peint et doré.

93 — Deux miroirs italiens chantournés, à cadres
dorés.

94 — Tabouret chinois en bois dur, formé d'un
rameau de branches supportant une tablette
en pierre de lard.

95 — Meuble à deux corps, à quatre portes et à
tiroirs, en bois noir et incrusté d'ivoire.
Travail italien.

TAPISSERIES

96 — Feuille d'écran en tapisserie au petit point,
représentant Moïse sauvé des eaux, d'après
N. Poussin.

97 à 99 — Trois grandes tapisseries flamandes
du xviie siècle, représentant des chasses avec
encadrements à colonnes supportant une frise
à guirlandes et amour.

Haut., 4 mètres ; larg., 4 m. 5o cent.